Une lettre pour Lily... la licorne !

Christian Ponchon — Rébecca Dautremer

C000061114

Les petits Gautier

Ce matin,
comme chaque jour,
Victor le facteur
fait sa tournée.

Il a l'air bien mystérieux sur son vieux vélo.

Le long de la route qui serpente entre les collines,

les acacias en fleur se penchent vers lui :

« Bonjour, Victor ! »

Mais, aujourd'hui, le facteur ne répond pas.

Il pédale avec vigueur.

Les saules de la rivière le saluent

de leurs longues branches souples :

« Belle journée, Victor ! »

Mais Victor ne tourne même pas la tête.

Il se tient droit comme une pompe à vélo.

Pourquoi Victor le facteur est-il si fier et si mystérieux ?

C'est parce que, ce matin, il transporte

dans sa sacoche en cuir une lettre

pour la nouvelle pensionnaire de la ferme.

Une lettre pour Lily... la licorne !

Victor arrive enfin à la ferme, tout en sueur.
Les moutons l'accueillent
avec des bêlements joyeux.
Tête-Bleue est la brebis la plus ancienne
du troupeau. Elle aussi a trop chaud
avec sa toison bouclée. Elle dit au facteur :

« Nous attendons une lêêêttre
de notre ami le loup.

L'as-tu ? »

Et Victor répond en s'essuyant le front :

« Non, mais j'ai une belle lettre
pour Lily la licorne ! »

Tête-Bleue secoue ses bouclettes et dit de sa voix qui tremble :

« Bien sûr, une lêêêttre pour la licorne. Alors va jusqu'à la mare, tu verras le cochon qui s'y baigne. Il te dira où trouvêêêr Lily. »

Victor salue la brebis et murmure à son oreille :

« Elle doit être bien belle, cette licorne... »

Puis il empoigne son vélo par le guidon et prend le chemin de la mare.

L'eau de la mare est tellement sale qu'on n'en aperçoit pas le fond.

Enfin, un petit groin tout rose dépasse de l'eau boueuse.

C'est Tire-Bouchon le cochon qui quitte à regret sa baignoire préférée.

Il aperçoit Victor qui se tient sur le bord en se bouchant le nez et lui dit en rigolant :

« Vois-tu, facteur, certains prennent leur bain assis, d'autres prennent leur bain couchés... Moi, je prends mon bain... de boue ! »

Puis il demande :

« J'attends une lettre du marchand de savon. L'as-tu ?

Non, mais j'ai une belle lettre parfumée pour Lily la licorne ! »

Tire-Bouchon s'allonge au soleil.
Le groin dans la gadoue, il dit :

« Bien sûr, une lettre pour la licorne.

Alors va voir la Noiraude qui rumine derrière la haie.

Je crois l'avoir vue ce matin avec Lily. »

Victor salue le cochon et murmure à son oreille sale :

« Elle doit sentir bien bon, cette licorne… »

Puis il empoigne son vélo par le guidon
et prend le chemin de la prairie.

Dans la prairie qui reverdit, la grosse Noiraude est à son aise.

L'herbe n'a jamais été aussi grasse qu'en ce début de printemps.

Quand la Noiraude aperçoit Victor, elle lui dit, la bouche pleine :

« Ch'attends un colis de ma sœur qui m'a envoyé un petit pot de beurre. L'as-tu ?

– Non, mais j'ai une belle lettre, toute parfumée et toute blanche, pour Lily la licorne ! »

La Noiraude secoue son gros mufle humide et soupire :

« Bien sûr, une lettre pour la licorne ! Alors va voir Gertrude, l'oie, qui bavarde au fond de la cour. C'est une vraie commère. Elle saura où est passée Lily. »

Victor salue la vache et murmure à son oreille sombre :

« Elle doit être bien blanche, cette licorne... »

Puis il empoigne son vélo par le guidon
et prend le chemin de la cour ensoleillée.

Dans la cour, l'oie Gertrude est en grande conversation avec les poules.
Mais dès qu'elle aperçoit le facteur, elle abandonne son auditoire
et accourt vers Victor en se dandinant.

« Victor ! s'écrie-t-elle. Connais-tu les dernières nouvelles ?
Le poussin a croqué deux renards, la truie a eu des cochonnets noirs et la chatte des chatons roses...
Ce sont les chèvres qui me l'ont dit. Y'a pas plus commères que ces animaux-là !

– Non, mais j'ai une belle lettre, toute parfumée et toute blanche,

et si grande qu'elle tient à peine dans ma sacoche !

Une lettre pour Lily la licorne ! »

Gertrude s'exclame en claquant du bec :

« Bien sûr, une lettre pour la licorne !

Alors va derrière la grange où ce vieux coq de M. Maurice s'égosille. »

Avant de saluer l'oie, Victor lui murmure :

« Elle doit être bien grande, cette licorne... »

Puis il empoigne son vélo par le guidon
et prend le chemin de la grange.

La grange est pleine de cocoricos. Victor voit M. Maurice qui,
perché sur la charrette, chante à tue-tête :

« Cocorico ! Cocorico ! Kisselplubo ? »

L'âne qui écoute les yeux mi-clos se tourne vers Victor et chuchote :

« Silence ! Il ne faut pas déranger l'artiste ! Il répète pour le lever du soleil,
pour le coucher du soleil, pour le lever de la lune...
D'ailleurs, nous attendons une lettre de l'Olympia de Paris. L'as-tu ?

– Non, mais j'ai une lettre très importante pour Lily la licorne ! »

L'âne regarde Victor d'un air bête : « La licorne ? Mais il n'y a pas de... »

M. Maurice s'étrangle et devient rouge comme sa crête.
Il coupe la parole à l'âne pour glousser :

« Voyons, mon cher Victor, n'écoutez pas cet âne !

Je vais moi-même vous conduire auprès de Lily.

La belle et parfumée, la blanche et grande Lily !

Tenez, la voici ! »

Victor regarde Lily. Elle n'est pas exactement
comme il se l'était imaginée. Devant lui,
il voit une bête pas vraiment grande,
pas vraiment blanche, pas vraiment belle,
mais vraiment... bizarre ! On dirait un...
enfin une... Non, décidément, cette bête-là
ne ressemble à aucune autre.
Peut-être à un cheval ? Oui, c'est cela.
Un cheval avec une drôle
de corne brillante sur le chanfrein.
Victor est déçu. Il finit par dire à Lily :

« C'est curieux, vous ressemblez un peu à Tagada,

la jument de la ferme. »

L'étrange animal répond
avec une petite voix ridicule :

« C'est normal. Tagada, c'est ma tata. »

Victor hoche la tête. Il sort alors la lettre
de sa grande sacoche en cuir. Il la tend à Lily en disant :

« Eh bien, voici une lettre pour vous. Voyez, c'est écrit dessus : pour Lily, la licorne. »

Lily sourit au facteur et lui demande d'un air enjôleur :

« S'il vous plaît, Victor, ouvrez-la pour moi.
Ma corne de licorne me gêne pour lire. »

Victor déchire délicatement l'enveloppe et en sort la lettre
mystérieuse. Il la tourne et la retourne entre ses mains.
Sur le papier, il n'y a pas un mot. Juste un dessin,
un dessin de poisson...

Le facteur est bien surpris. Mais quand il entend tous ses amis éclater de rire, il comprend. Il comprend qu'il aurait mieux fait de regarder le calendrier avant de commencer sa tournée.

Car c'est aujourd'hui le premier jour d'avril !

Un jour où tout peut arriver, même de rencontrer

un bel animal mystérieux
qui n'existe que dans les histoires...

Les petits Gautier

© 2002, Hachette Livre / Gautier-Languereau pour la première édition.
© 2007, Hachette Livre / Gautier-Languereau pour la présente édition.
ISBN : 978-2-0139-1332-4 – dépôt légal mai 2010 – édition n°04.
Loi n° 49-956 du 16 juillet 1949 sur les publications destinées à la jeunesse.
Imprimé par Graficas Estella en Espagne.